有待傷痊

厭能 著

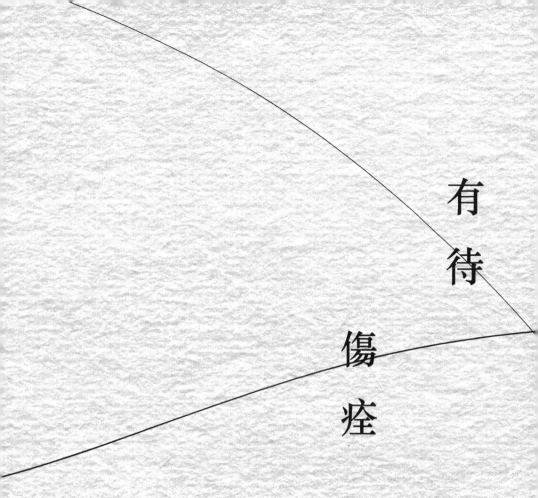

序

愛是種因人而異的能量，被歌頌時是純潔得至高無上，更多時候人們使用它的過程都很骯髒。

我贊成愛更多是偏向腥羶色而非藍色的，社會上的伴侶關係越來越複雜（也可以說越來越靠往純粹）、越來越多種交流形式，努力邁向只有歡愉而沒有悲傷。

每一代的人都覺得下一代的人病態，但社會本就充滿了五顏六色的病，我卻覺得這樣的斑斕很美，樂意觀察每一種難以定義的關係被冠上新的代名詞，各種型態的伴侶關係，沒有對錯只求舒適。

希望大家都能愛成自己想要的樣子，也愛自己的樣子，也愛自己愛著別人的樣子。

目・錄

序……2

輯一　我們有能相憐的同病嗎？

確認關係恐懼症……11
又爛又碎……12
第9次重新開始……13
靜慢……14
我們要成爲同一種人再一起爛掉……15
樹洞……17
假岸……19
怪胎……20
你的病沒有比較特別……22

碌碌無爲……23
好不起來……25
戒菸……27
不知更鳥……29
賴床……30
你說你養了隻叫薛丁格的貓……31
環保主義者……33
膽小……34
堡壘與畫地自限……36
蛀牙……38
前晚……39
旅人請走……40
愛讓我們都看起來很笨……42
前人……44
玻璃心……46
你眞的是很會當朋友的人……48
爛掉……49

覆轍……50
你全身都是別人的樣子……51
遊戲生存指南……52
前車之鑑……54
睡眠障礙者入睡順序……55
擇我不如撞我……57
獨醒……58
原諒……59
同性相斥……61
換季……63
雨天適合犯案……64
安全感……66
陪葬……68
具體來說……70
蝶式……72

輯二 世界壞掉而我們躲起來

信仰……79
標籤……81
老派……82
耳機線……83
不得善終……84
置頂跌落……85
就那樣流淚甚至沒有發現……86
不計代價……88
心誠則靈……89
扭蛋……90
香氛蠟燭……92
浪費……94
神愛世人……96
與你虛度何妨……98
海水退了就知道誰沒穿褲子……99

黑洞……103
神選……104
樂園……106
無痕日記……107
碎片……109
風景不留旅人……112
洋娃娃……114
重播……115
身爲被愛的本分……117
紅舞鞋……119
我寧願是你平淡無奇的一根菸……120

輯三　然後開始有人想逃

你的道歉讓我想吐……126
送行……128
冰箱……130

蛛網……131
情勒……133
我的冰箱裡真的什麼都沒有……135
占有慾……137
離開你之後我就要去做我自己了……139
扮家家……141
罪惡感……143
癮憂……145
健忘……147
灰姑娘們的Party……148
公主喜歡吃兔兔……150
反派……151
囚神……154
我把我的愛擺在你唾手可得的地方……156
我不喜歡你開始有了喜歡……157
只是如此往復……159

輯一　我們有能相憐的同病嗎？

確認關係恐懼症

占有慾應該要控制在什麼程度才算得體？維持在一種喜歡但也能不要喜歡的狀態，你前進我就後退一步、你退縮我就再稍稍靠近，直到我們有意識地維持表面張力，給出最大的誠意又不至於滿溢，趨近於情人但也等於零。

電腦桌上散落著藥物、帳單、冰淇淋，那已經是我僅有的視為重要的東西，愛情通常只會讓我需要吃下更多的藥、得到更多的帳單、需要更多的冰淇淋，但愛情不重要。

那都是被傷完的後來，有些人會變得極端、有些人會好起來，有些人瘋掉、有些人成長，有些人碎掉、有些人死掉。

又爛又碎

大多數人也都是
能缺也能爛的人
能愛一個人也能睡別人
時間到了就挑一個結婚
沒有負擔就孤老終身
我們誰不是
被某個爛人擊碎一生才那麼迫切的想被接住
或是乾脆躺在那裡
作為滿地的碎玻璃
忠誠且稱職的
刺傷每一個經過的人
而無愧

第9次重新開始

別怕
新來的人不曉得你的失敗
不明白你惡
亦無看過你善
把言語修剪得更漂亮
做成胸章別在心臟
每下收縮都活成謊
練習微笑
收穫更多虛僞
回敬一杯
生活如癡如醉

靜慢

靜慢的時間變得殘忍
像用釣魚線在皮膚上慢慢切割
來回
深入傷口
來回
沾黏皮肉
像泣不成聲的悶哼
你沒有遠方
只能在這裡好起來

必須換氣
必須呼吸
生活變得必須很用力
才能活下去

我們要成爲同一種人再一起爛掉

刀片縫進小熊布偶
贈與你
在夜裡寂寞時
就抱緊

刺穿你心口
讓你也變成
和我一樣空洞的人
成爲同類以後
我們就相愛吧

天荒地老
海會枯

我們也會一起
在這裡爛掉

樹洞

沒有人說教
沒有人怪你
一一告解
細數
已犯下或即將犯下的
全都獲得赦免
把祕密都放進我這裡
向我傾訴你的骯髒
從堅挺到軟弱
這些過程都無罪
均息輕吐出張狂
暴烈一層一層剝落
漆黑會很斑駁的

成爲綿羊
我們睡去

假岸

我們在靠近與靠近中虛張聲勢
用過激的碰撞讓影子背道而馳

無視千瘡
用百孔相吻
從腐肉裡孳生
我們美其名爲愛
不揭曉裡劇本
沒有檯面上
那種浪漫

只是相依著相依著就假以爲岸

怪胎

或許我們就是那麼容易互相吸引又互相厭棄
當我們同樂著相似的胎記
那是一直以來少被世俗所接納的怪癖
怪異
拉開領口給對方看
缺口的形狀是藝術的犄角
突兀但相容
但後來我們不欣賞對方了
那些長在別人命裡的身不由己太不酷了
脫離了想像的畸形
像是瘋狂的百變怪
要變成任何一種人都不認識的樣子
再試圖理解

然後說這是獨一無二的愛
那樣彷彿
才感到心安
互相撕裂而信奉傷口
並且不許對方
痊癒

你不能
好起來

那樣彷彿
才感到心安

你的病沒有比較特別

所有人都病得只能顧好自己
你不能拿你的藥單
說只有愛能治好你
愛本身就是病
眾生基本負傷
別嚷嚷
你問
那什麼才是藥
我說
連續七天
睡一場滿八小時的覺
比任何的相愛都有效

碌碌無爲

只是秋季的一場感冒
一場過敏
一場雨
躲在纖維裡發霉
孳生後使我不斷的病

在過境與過境中切換
最終迷失於虛妄
眨眨眼
只是躺在床上

在無爲裡大喜大悲
透過水晶球知道故事後面

沒有期盼的更好
於是感覺自己什麼都不需要

好不起來

一直持續病態
吞下色彩飽和度高的膠囊
裡面的粉末溶於血管
暫時不恨也不愛
不在意流星會掉幾顆下來
那些雙手合十許願的笨蛋
希望他們不要真的期待
這樣做就能被愛

就那樣保持麻木
靠本能運轉
約完炮吃一頓廉價晚餐
躺在床上

看著天花板有鯨魚經過
享受橫隔膜的抽搐
與心跳同步

你每天都在等
等自己終於吞下炸彈
等自己歇斯底里爆開
然後就再也醒不過來

戒菸

把每次想你都換成餅乾
停好車就直接離開
躺著感受心跳漸慢
聲音漸慢
空氣漸慢
每一場經過都沒有理由留下來
指尖失去某些停滯
而我失去更接近死
連寂寞都點不起來
就浪費了一根火柴
你說恭喜
終於能眞正的開始呼吸
而我卻更想被你掐死

就那樣看著你的眼睛
慢慢窒息

不知更鳥

已經是結霜的季節
而你是不知更的鳥
守著過敏的氣候
與枯樹
在這裡自甘垂老

比翼過後你忘了飛
數著羽毛度日
啄禿了歲月
忘卻了故人
到後來你不知為何在這又
不知如何離開

賴床

那些文字不修邊幅最接近赤裸也最讓人難懂，像是隨便亂睡過的床單皺的歪七扭八但看起來很舒服。

旁邊有幾本隨意散落的書但完全沒有折到任何邊角（這很重要），或許有酒瓶但一滴不剩、或許有愛情但天還沒亮，賴床的過程並不適合思考會哭的事情，但如果根據剛剛的夢境而定，那又未必了。

有些時刻、有些人，只有在快速動眼期那幾分鐘，在即將清醒時前的交接儀式裡，才能短短的、短短的，擁有片刻。而那些畫面將會是腦袋裡所能呈現的最美好的樣子，你最想要的樣子。

有些早晨比夜晚更殘忍。

你說你養了隻叫薛丁格的貓

如果我不上樓就永遠無法觀測
牠到底會不會後空翻

我能請你喝咖啡
但無法爲你做早餐
能跳一支潮濕的華爾滋
但無法成爲你的傘

持續無家可歸
聊勝於無所以陪伴
持續移動
往南走
如果我們都有無法築巢的理由

愛
要用做的
說出來
就不浪漫

環保主義者

他送了我一份過度包裝的禮物
蒼白的對折
包裹著所有不堪
覆蓋年少輕狂的皺紋
用血管打一個蝴蝶結
說情人節快樂

但我不想要
我是環保主義者
一眼就能看出來
你裡面裝了什麼垃圾

膽小

我們依然膽小
細微碰撞就已如此心驚
無法再拿愛去肉搏
身上布滿刮去血肉長出的鱗
把我們都包的密不透風

我們仍然是細膩的
才小心翼翼的擁抱
把吻接得如此禮貌
額頭相抵記得微笑

但我們依然膽小
風吹草動就想逃跑

只在雨天哭出聲音
其他時候偷偷藏好

堡壘與畫地自限

將各種意義上的每一次失敗
砌成一塊磚
累積足夠的傷心以後
建成一座堡壘
從此無堅不摧也
杳無人煙

石牆上刻著愛人們姓名
成爲亡靈
祭你的朽
剜你的肉
伴著你的日日
無聲且不散

迴盪著你偶發的嘶吼

那些連太陽都照不到的角落
養出了霉
落下病根
死守城池
把自己與外界隔開
萎花碎葉如你
且風帶不走

蛀牙

你懷裡有太多甜膩到牙疼的糖
想通通塞進我嘴裡
把慾望包裝成蜜語
用臼齒磨碎
鼻息之間
吸吐都黏

你喜歡這樣嗎
說著鮮豔的承諾
把情話含在嘴裡
再施予吻嗎

那個獻上所有糖果卻不知道我不吃甜食的那種
愛情

前晚

囈語帶著濕潤
要抖落些寂寞
攀扒溫存晨光
煙味在纖維裡附著
遮光簾縫隙溜進了點現世
提醒我們
天亮了
應該要各自離去
穿上社會價值
假裝前一晚失態與自己無關
但如果我們還記得彼此的名字
提醒我們此刻應該接吻

旅人請走

請停止醉醺醺的故事
有些在籠子裡的
金絲雀不明白海的意思
有些浪子不懂愛情
以爲棲息就是家
停留的溼度剛好
就想築巢
不顧四季更迭
不顧全球暖化

這裡沒有你想要的淹沒
亦沒有你期待的輕捧
旅人請走吧

請四海爲家
請帶走你的故事
與吉他

愛讓我們都看起來很笨

語無倫次與紅暈相襯
指尖與指尖拔河
羞怯
推搡著氣氛
眼神裡有貪念
像一汪嗔癡的河

以你爲圓心
散逸於空氣的甜膩
彷彿拿根竹籤奔跑
就能捲出粉色棉花糖

不要這樣

我這裡不是遊樂園
沒有那些和平與歡樂的主張
沒有旋轉木馬
沒有熱可可或吉拿棒
沒有急流泛舟的那種冒險也
沒有鮮花

不要這樣
別宣之於口
那讓你看起來很笨
沾染過多的慾望
與俗氣的本能

前人

你那麼破碎還來擁抱
也把我扎得滿身是血
甚至沒有道歉
因爲你說
你的前人也是這樣

有鑑於前人種樹
遮擋你所有太陽
發的芽都不趨光
習慣日夜一個樣
你把陰暗留給後來的人
讓每個乘涼的人都被你
否定然後複製貼上

被怎麼傷過
就學會如何去傷

玻璃心

想著你往深處探尋
歡愉的時候是手指
疼痛的時候是刀子
有時候無可名狀
進出後徒留一片混沌
只有凋零

我是玻璃
可惜沒碎進你眼睛
沒讓你失明
或哭泣

沒讓你盲目
因爲我不是愛情
擦肩的時候你
沒有猶豫

你眞的是很會當朋友的人

置若罔聞
即使匡噹作響

裝睡的人
也擋不住發癢

你擅於
無視我滿溢妄念
望向我時太過清澈
讓我因戀慕而慚愧
因嗔癡而羞恥

爛掉

我們都淋過雨
爲此
像銹鐵又像魚腥
像腐爛的什麼東西
說一些情話來遮掩
無法再愛人的事實

有人在你心裡住到爛掉
在你肺裡爛掉
在你腦裡爛掉
你的所有爛掉都來自於
夏天來過但沒曬乾你

覆轍

那人沒有撐過你給的往復
你盡失的愛裡藏了千根針
從深層開始種植你的矛盾
你的不安

你說
愛人就是要承擔
愛人就是要試探
於是你輾轉
又百轉
然後你說
沒有人愛你

你全身都是別人的樣子

語速是適中的
情緒張揚
步伐之間的寬距也還能
容下更多得體
衣櫥是保守的顏色
只吃４顆星以上的餐廳
並非社會宜居
是你宜居社會

遊戲生存指南

在圈套裡跳舞時腳尖要踮好
腰枝要軟
迎合要喘
眼神要大膽
態度要搖擺

指腹探入細密髮流
那便是海
床榻下陷同時深深呼吸
繾綣倒灌進肺裡
舒張膨脹
我們玩一個遊戲
現在開始只能說謊

胡亂捏造最好甚至沒有眞相
讓所有好奇無限接近
匯集成吻
再吹散

前車之鑑

那些老人對你說的
「也許你現在不懂
但你以後就會知道了」

不是爲了讓你避開那些悲劇
而是在悲劇發生以後
讓你曉得這是怎麼一回事

睡眠障礙者入睡順序

找一部聽得順耳的十小時雨聲
讓整個房間都在下雨
把窗戶用隔音棉封死
滅掉所有燈泡及蠟燭
只剩下冷氣上顯示溫度的黃光
吞下處方籤藥物閉上眼睛
像醫生說的什麼都不要想
呼吸勻平把自己下墜再下墜
喪失時間感知
彌留的時間特別長
起霧的森林沒有鹿

「再補一顆好了」

這樣想著
睜開眼
又吃下一片安眠藥

再一次

擇我不如撞我

敬紅酒不要承諾
就不共赴
我們跳舞
轉圈轉圈就暈得
分不清現實
在希臘的噴水池旁許淫亂的願望
心裡眞正想的卻不敢講
要比女巫更荒唐
要比烏鴉更絕望
不能被發現你還相信愛
那種
笑死人的蠢樣

獨醒

你逐漸的閉合
所有張開的孔洞
盈滿太苦的日子
擰成一杯
嗆進鼻腔熱烈的傾訴
有多劣質猶如
淘寶上賣的假酒
邊醉邊傷
你所有醞釀的悲傷都沒有回甘
像所有飛遠的季鳥都沒有回來
眾人都醉了
就剩還你醒著

原諒

你的歸途有霧
就沾著水氣與朝露
潤一潤已龜裂的悲傷
讓傷口柔軟
讓自己柔軟
原諒壞人
原諒家庭
原諒神
原諒說了愛你又傷你的人
原諒貓頭鷹
原諒蝙蝠
原諒貓
原諒他們原本就不屬於早晨

你的歸途
就沒有霧了

同性相斥

而我們同性相斥
這裡太黑了
憂鬱患者自重
感到安好同時懸吊
傷疤太醜的樣子我們都知道

但我們同性相斥
人是趨光的
陽光燦爛美好
祈求救贖等待擁抱
過於偏執的牢騷被藏於衣角

我們是同性相斥的同一種人
品嚐著類似的糟糕
治療著類似的病灶
服用著類似的藥

所以不適合相愛

換季

對話留白的時間過分加長
此時該要敏感
注意換季已經開始
遲鈍的人等在原地
迎來一場重感冒

人走茶涼而溫差
也太大了
沒說歸期也沒道別
更沒讓你等
這茶與許不用再沏
剩下的我來整理就行
你也走吧

雨天適合犯案

滂沱能掩蓋所有哭聲
不需要按在枕頭裡用力吼叫
雨天適合犯案
例如殺死自己
適合崩潰
適合模糊焦點
一年穿不到一次的雨鞋
去踩踏水窪
去陷進泥濘
去執行一切骯髒
的任性
承擔風和日麗時無法曝曬的潮濕
同類才能帶走同類

而你偏又晴朗
使我無故蒸發

安全感

我喜歡靠近那些有病的人
他們的悲傷很深很深
端詳他們流淚或嘶吼
細數每根刺的來由
我想知道
爲什麼瘋
爲什麼難過

他們傷疤有時美的像藝術
撕裂過後歪七扭八的癒合
起伏紋路
那是重生

有時已經反覆發炎變成舊疾
成了每年冬日的隱痛
一旦冷起來
就酸痲不已

我喜歡靠近那些有病的人
身在其中才感覺
自己的傷不畸形

陪葬

如果你今天很想死亡
我能一起嗎
一起去把今天當成生命的最後一天
做一些瘋狂的事

闖進熄燈的樂園
被保全追捕
砸開展示玻璃屋
偷走些虛榮
爬上別人的窗沿
送一個禮物
與陌生人跳支舞
讓車窗起霧

和我打一個賭
輸的人要寫一篇五百字的作文
標題是「我的夢想」
然後放進對方遺囑
讓你最親的人朗讀
反正你也沒成爲你想成爲的人
就讓在座的親朋好友
都彷彿
從未認識過你
而
事實上也是如此

具體來說

雨很具體嗎
只是悲歡
愛很具體嗎
你沒撐傘

白噪音漸大
行人都被隔開
而我們漸遠
你不可能模糊

迎著風就變斜
斜斜切開你我剖面
切開路燈也切開影子

切開話語也
切開堆疊

我說我沒聽清楚
並不是要你重複

蝶式

生活是海而你
每天定時定刻的溺斃
浮木掐準了時間錯過
早八的課
晚五的卡
下班時段的文心路
以及
打開冰箱卻空空如也
的那些時刻都是泡泡
從四肢百骸發散飄遠
你卻選了蝶式
最反人類的自救

TOBACCO
The Original «Swiss Army Knife»

輯二　世界壞掉而我們躲起來

599 NT
我想、
跟妳
那個
請勿內個
Matrix
PRO

你明白你的貪婪，也清楚自己的心意，你一定也謹慎思考過的吧，無法與我建立起任何責任關係是你千眞萬確的選擇，你一定也好好的審視過與自省，所以我才沒妄想過未來這種事情，我知道你也看出來了，我的避而不談與不追問原因、不釐清關係，是因爲我不敢聽，我或許知道答案，所以我不敢聽。

信仰

把一隻隻和平鴿
關在生鏽的籠子裡養著
擁擠得連翅膀都張不開

十字架捅進罪人的心臟
用新鮮的血
表達虔誠

跪著祈禱內容卻
全是詛咒
煽動人們的恨

若族人犯下了罪行
就找個小女孩

給她戴上巫帽
然後架上木條焚燒
說她邪惡

將無法繁衍的相愛視爲不潔
再把天使都送到孤兒院
捏造一個神
拿這些毫無理由的惡意
推到祂身上
就能以神之名作奸犯科

標籤

不是刺青師就不能刺青
不是藝術家就不能抽菸
不是音樂家就不能呼麻
不是異性戀就不能相愛
不是基督徒就不能脫罪
不是處女座就不能龜毛
不是生男的就沒發言權
不是頂大的就不要留言
不是當事人就通通閉嘴
不是憂鬱症患者
就不能對自己生而爲人感到抱歉

老派

把整份的愛情
濃縮在一首歌裡
唱盤上每一條紋理
都是掌心皺摺
也曾住在誰的掌紋
被捧著疼
唱針已經啞了
一遍遍輕撫摩挲
反覆咀嚼你偏愛的那段副歌
無聲折騰

耳機線

鑽牛角尖
亂成一團
趨近於死結的那種糾纏
小小翼翼的循跡倒退
穿過每一個錯誤
修正
退出
回到原點

你是口袋
每一次我把自己放進去
就都會變成那種亂七八糟的樣子

不得善終

在所有沒有善終的故事裡
都有類似的橋段
像你我
零碎的錯誤
造就
迎來
這樣的結局並非偶然
而是精密計算過的排列
讓每一種組合都導向
都導向失敗
愛得死去
沒有活來

置頂跌落

風來晚了
把再見吹遠
與路燈擦肩
就拔掉釘選
被廣告淹沒
停在告別

別搜尋「晚安」
你會想起那段愛了那麼久的日子
七零八落的散在壁癌之中
潮濕一直都治不好
又無傷大雅的醜

就那樣流淚甚至沒有發現

悲傷就是很兀自的
它就在房間渲染
源頭好像是從我
四肢百骸散逸出去
我只是看著天花板
目睹那一坨糟糕瀰漫開來
把他們先從身體驅離之後
躺成大字型
慢慢的呼吸
直到那些垃圾又循環回來
血管、骨肉、細胞、神經
把所有能使我活著的組成
通通重新充盈

你覺得我沒在幹嘛
我就是躺在床上
重複這一段過程
好久好久

不計代價

無視你所有於理不容的殘忍
爲了留在你的餘光
不計成本的犧牲
寫一百首詩都讓你去焚燒
穿漂亮的衣服
讓你撕爛
化精緻的妝容
被你稱讚

心誠則靈

於是妳決定取悅魔鬼
用最色慾的芭蕾
跳獻祭的舞
刮去表皮
呈現整顆赤裸
端上最乾淨的部位
讓艷紅深深進入
再退出
的吞吐
繾綣又繾綣的品嘗
濕潤行進間的反覆
妳是祭品
最神聖的那種
食物

扭蛋

在機器裡
滿心歡喜
懷著期待與
被期待著
隨機選擇
而那人
打開來看了看說
「我不要這個」

/

後來
沒捨得丟掉

隨意棄置在桌上
最凌亂的一角
被你家的貓拍到地板
你走來走去的經過
卻一次也沒踩到我

香氛蠟燭

你將我點亮
我燃燒我
我散逸我

暖一彎溫柔香
裊裊地瀰漫
睡吧睡吧
陪你編織童話
說著不切實際
連你都不信的
那些輕哄及謊

終將不幸地
靈魂已所剩無幾
請使用這副空殼
仍然爲你漂亮
成爲最虔誠的器皿
最漂亮的玻璃
放進任何你
想放進來的東西

浪費

明知徒勞而爲之
那麼浪費
或稱許願
丟一枚硬幣
雙手合十
對石像默念
每次都一樣的名字
期許太難抵達的未來
我希望
我希望
熙來攘往之間
我愛的那雙眼
會聚焦我

從後方擁抱我的張望
而我不用回頭
就能知道來者

神愛世人

忽有龐然大物
拔山倒樹而來
披荊斬棘
撕開暗無天日的卡俄斯
陽光終於暖暖通透
曬乾虛無與混沌
你看清他的臉
那是神的模樣

允許你膜拜
不允許你愛

然後
他就走了
畢竟神愛世人
他還要去拯救別人

與你虛度何妨

有那個人在的地方
我捨不得喧嘩
鐘擺變慢
斜陽漸暖
貓咪的身體長長的伸展開來
尾巴末端慵懶左右左右搖擺

打在書上的光變得澄澄
你手指間夾著欲翻的頁
眼睫順著字行來回
我想變成那面頁碼
摩娑著你指紋依傍的紙張
與你一起泛黃

海水退了就知道誰沒穿褲子

睡在沒有床架的軟墊上
每一次呼吸都是灰塵
你的咖啡習慣不加奶
你說更苦的何止人生

我們都沒有明目張膽的表露
更多是邊試探邊退縮的張望
你說不敢跨出的
何止我們

立於潮間帶的濘
每一次浪的來回都更陷進
目光望著的是退潮以後

願我們在海水退了以後
都還想脫對方的褲子
也不肯上岸

在每個似曾相似的場景都會想起你、我在每個傷心的場合都還想要提起你，烙在角膜、成爲每個餘光的背景。

忘不掉又如何，我情願整個靈魂都活成你的形狀，即使一生都會困擾到不行。

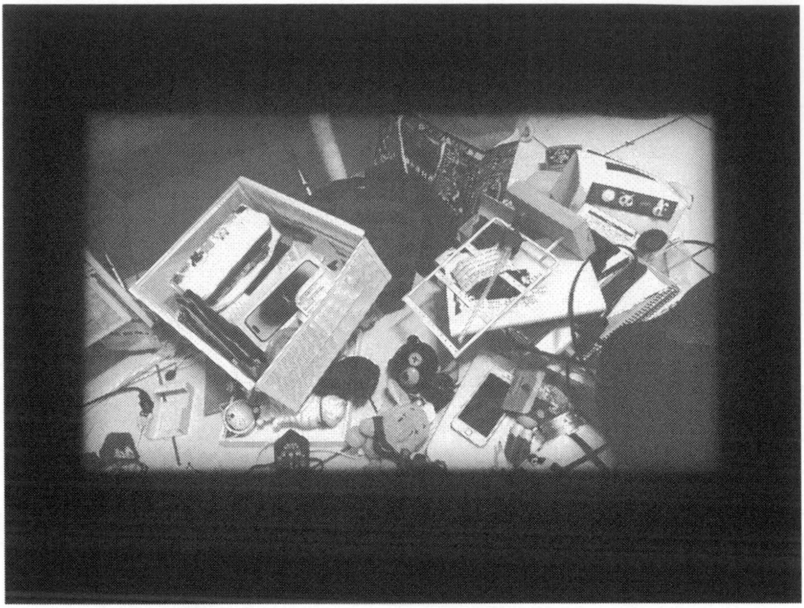

黑洞

折射匯集成白光
竄入黑洞
自成一格深不見底
你不由分說的吸收
吞吃所有光源
色彩變成笑話
把靈魂丟進去被你拉伸
無濟於事的揉碎
組成我的都無法逃逸
零碎或扭曲
隨你任性

神選

你垂直的落在
我參差的表面
據說後來我是那樣歌頌
你的降臨

昂首佇立在
眼睫煽動的每個頃刻
爲貧瘠注入海
爲草木灑上鱗粉
爲露水粼粼而盛滿
陽光與靈魂

女媧櫥櫃裡珍藏的藝術品
用雅典娜的梳子爲你梳髮
讓邱比特吻你
把靈魂精雕細琢
成爲眾生裡
被偏愛的那顆蘋果

樂園

你打造一個樂園
我們在裡面裸奔
跳舞
吃冰淇淋
席地而坐
聽一場音樂會
乘坐旋轉木馬
旋轉旋轉就暈眩

你說我們的祕密上升到現實是不可能的
於是我守著樂園
只能是笑而不語的
太接近清醒的問題
我們是心照不宣的

無痕日記

無痕的數星星
過無痕的日子
帶環保餐具
用玻璃吸管
不聲不響地經過
這個世界及
你家門口
沒製造垃圾
我含羞而
閉起敏感的葉
悄悄擁緊所有祕密

愛得很靜
我看著你
不能言明
屏住呼吸
連嘆息都沒暴露

輕吐而上
天燈隨著風向在夜空炸成煙花
就散落一地對你的念想
在河間繁華
人間惆悵

碎片

你把慾望貼上那麼多亮片
就欲蓋彌彰
美其名爲愛情
就說你不擅長

／

愛的時候
「我何德何能」
不愛的時候
「我招誰惹誰」

／

你又不覺得我是遺憾
「遺憾」是那些戀人們
沒有愛成們想要的樣子
而我們沒有要相愛
也沒有能夠爲的樣子

／

別老是談論那些抵達不抵達的問題
此刻我們在同一艘船上就同舟共濟
也許我們充其量只是共犯而已

／

我是裝著鮮花與蛋糕的垃圾桶
只能抱著別人的故事發臭

風景不留旅人

時光互相參與
記憶互相屬於
各自解讀
糖果給得大方
外套也沒吝嗇
甜過耳語
暖過纏綿
與時光揉合
被陽光和你的鬧鐘叫醒

你看過了
你會記得
從我含苞到盛放

堅定不移的經過了
欣賞過然後走遠了
留了點香在你肩頭
沒聽懂花語
或是
你已瞭然
而不言語

留下是戀人
離開是旅人
祝福我原地芬芳不萎
我是風景
不留旅人

洋娃娃

你要我柔軟
把汙漬摺疊
縫上嘴巴
不說髒話
刮去不潔的毛髮
穿上精緻的裙子
成爲你的洋娃娃
切斷我的中指
你說
不需要這種粗魯的東西
從此我無法給自己快樂
透過你的眼睛
看我張嘴呻吟
從此我只能透過你快樂

重播

太陽從西邊升起
東邊墜落

行人都倒退著走
冰淇淋越舔越厚

冬秋夏春
冬秋夏春

「妳好，」

停
停止

對，從這裡重新開始播
我要再看一次
你眼裡有我的樣子

身爲被愛的本分

你必須是詩
讀你的方式不對
我就闔起
去喝水
去吃一片苦巧克力

調整心情
坐下來
重新對你入迷

你一定要如詩
艱深晦澀的保持神祕

如畫
點點做墨成爲美景

如月
遵守皎潔的本分去滋養每一個世代的詩人

必須是集所有美麗於一身的象徵
比阿芙蘿黛蒂迷倒更多的眾生
眼神清澈的養不活任何一隻魚
卻誰都想被你淋漓

紅舞鞋

舞鞋鮮豔如血
你替我合履
親自打結

從此以後這雙腿屬於你的
隨你怎麼曲折
張開又閉合

直至殘瘸
白骨刺穿血肉
濺滿整個廣場的殷紅
那是我所能跳出
最美的舞
獻給你

我寧願是你平淡無奇的一根菸

因親吻
而燃燒
吸吮
消弭
前一刻
還被你指尖
攥緊

那一刻我像是你的命

然後我就
全身沾染細菌
還帶著你唾液

在你的煙灰缸裡
死去

輯三　然後開始有人想逃

我們不可能

「我走了」沒看你，怕你看見我眼中的氾濫，怕你會溫柔的問，我怕我會上不了這班車，我怕我的軟弱會將我們努力維持好的平衡傾斜，那麼努力裝作若無其事，努力讓這一天與往常一樣。

所以普通的道別，普通的目送，一切自然的像是我們下周還會去吃說好的那間餐廳，而我上車入座，透過窗戶揮手，最後一眼相視。

今天天氣很好，是你喜歡的陽光普照，我捨不得哭。

你的道歉讓我想吐

回憶很鹹
海風很鹹
眼淚很鹹
你也很鹹

那些很鹹的我都有呑
道歉卻太苦
被塞了滿嘴
邊乾嘔邊咳嗽
在愛裡被虧欠
只感到反胃

我會吐在你最心愛的車上
讓你知道你的歉疚
混了酒之後這麼臭

送行

你的淡出很緩慢
慢得像是時間靜止

看著你筆挺且妥帖
走入相框
路上有花
你笑得有些浮誇

我打著傘
步履蹣跚
將你端正在前
走一步喊一聲
你要好好的跟

下了點毛毛雨
但火很張狂
吞噬所有傳達

老一輩的人認爲
往這鐵口裡放些東西
就能通通通
抵達你那裡

我跳進去

冰箱

幫你找個舒適的位置
也確保大小合適

指尖僵硬冰涼
瞳孔失神凝望
眼睫剔透折射著光
吻你嘴角的結霜
痴迷你的腐朽或任何
一如往常

你不覺得常相廝守很美嗎
像我們現在這樣

蛛網

輕吐
細密成網
舒展成黏膩
織一張溫柔
爲你捕夢

看你作繭自縛
看你咎由自取
看你沉入悠揚的謊

用潔白包覆你虛妄
拆吃你入腹
細品你悲傷

睡吧睡吧
在我這裡
睡得香
不用醒來
不用醒來

情勒

時光沒有如期磨礪成溫柔
醞釀出在夜裡尖叫的惡魔
在圍牆邊緣
患得患失搖擺
呻吟著呻吟著
綁住勉爲其難留下的人

人們抬頭
而我在高空
欣賞燈火
席地而坐
晃晃雙腿然後哭鬧
關心取之不盡

注視用之不竭

你是犯人
輿論是手銬
不想放你走
就來這招

我的冰箱裡真的什麼都沒有

剝去你的蒼白當成被單
寶石鑲在你的窗台
那裡已經沒有靈魂
心臟冷凍起來
臟器們先晾乾
分門別類保存
細數你每根骨
指甲一絲不苟
毛髮軟硬適中
嘴唇已經結霜了
那樣冰冷的嘴再也
說不出冰冷的話
我仍會吻你

不要再離開了好嗎

我把你收好
放進冰箱
在這裡天荒地老
每天早安
及
晚安

占有慾

你看著她
此刻我想挖出你的眼睛

吞下那棵棕色玻璃
均勻呼吸

在你的頭骨上
用炭筆
深淺不一的
寫上我名

把你的心臟做成提拉米蘇
用純金的湯匙劃開

你內在的奶油全部沾上可可粉
苦澀得如此誘人

盼你在我體內發芽
與我結合
爲我而生

離開你之後我就要去做我自己了

搭最早的一班火車
看沿岸鋪天水藍色
隨意抵達一站
脫下洋裝就往海裡
不知深淺的打轉
憋一口最悠長的氣
躬身就下去
耳膜鼓譟的戰歌
欲裂
消耗生命
消耗空氣
消耗自己
流淌過肌膚

越來越接近海的恆溫
缺氧帶來快樂
幻覺讓每一隻魚都是你
我想在這裡唱歌
張口
下沉

扮家家

你們眞的都玩過扮家家酒嗎
這該是成人的遊戲吧
沒人告訴那些小朋友
晚飯之後的爭吵
入夜以後大呼小叫
會有最尖銳的台詞
還有摔碎的杯子

你們眞的都玩過扮家家酒嗎
那種喪心病狂的遊戲
一整盒的塑膠玩具
浮誇繽紛的顏色
強烈而突兀而假

假裝煮飯
假裝在吃
拿起空空如也的茶杯
發出簌簌的聲音
假裝掃除
假裝主婦
假裝擁有一段美滿婚姻
假裝幸福
假裝高潮
假裝一切都完美無缺

罪惡感

日暮低垂後
適合製造些祕密
說些情話
做些什麼
與你無關的事情
就忘記身分
裡裡外外的

親愛的
我當然會回家
繼續帶著溫柔的微笑與你說話
看著滿地的玻璃
也不會再生氣

積攢足夠的罪惡感
就聽你的乖乖去洗碗

癮憂

把愛磨成粉末
吸進鼻腔裡割破黏膜
抵達血液
輕咳一聲我仰頭
劃一根火柴
原本空無一人的那裡
你突然出現
對我笑

煙霧繚繞
在指尖裊裊
鑽來鑽去
於掌紋散盡

又筆直的離開
忽然想笑
忍俊不禁的顫了顫
抖下零星菸草
還沾著火光
逃離掌控後用力燃燒
掉到從蝦皮上買來的廉價地毯
殘喘後黯淡
燙出一圈爛掉的纖維

你忽然消失
我再度捲起菸草

健忘

健忘的樹沒有年輪
那隻金魚忘了愛人
寄居蟹忘了這個殼是偷來的
知更鳥忘了遷徙
留在那棵樹上凍死了

老爺爺忘了老奶奶
錦鯉忘了這不是海

你忘了承諾
我忘了離開

灰姑娘們的 Party

在午夜十二點前
叫了一份宵夜
沒有馬車接送
也不急著去丟失一隻玻璃鞋
會找上門的
只有外送員

化裝舞會的邀請函被忘在烤箱
那是香水與汗味的密閉毒氣室
他們脫光了衣服旋轉著旋轉著
在紙醉金迷的音樂盒
慾望是五光十色
有人暈了

有人沒有
一套遊戲規則
一套甜言蜜語

有的人玻璃鞋被王子找到
有的人踩碎了劃傷了腳
有的人在城堡外醉倒
有的人失去了愛人
再也找不到

公主喜歡吃兔兔

王子以爲親吻就能換取森林的祝福
白雪公主的後花園有整片的蘋果樹
是她殺了老巫婆讓鮮血滋養了泥土
她裝睡又甦醒
將蘋果洗淨
切成兔子的形狀放進你嘴裡
你還歡天喜地說
你遇上愛情

反派

白雪公主

從魔鏡裡看到白雪之後
每天膽戰心驚歇斯底里
我忌妒她擁有七個工具人還偏要招惹你
我討厭那些小松鼠與小白兔都與她親暱
不理解爲什麼千方百計的把她毒死以後
你還要把她吻醒

/

灰姑娘

從舞會裡看到仙杜瑞拉以後

每天午夜十二點都成了噩夢
我想到我沒有南瓜馬車接送
也沒有精靈替我的禮服裁縫
我害怕王子會被她占爲己有
所以我把腳趾修修剪剪
想要塞進去玻璃鞋裡面
弄得到處都是血也想
符合一次你要的模樣

/

小美人魚

每個交易都附帶了詛咒
用聲音換取雙腿的承諾
只因
我不喜歡她們像小鳥一樣爲你唱歌
於是把她們溶解在浪花裡變成泡沫

沉寂於深海裡
在洞穴裡醜陋
我寂寞、你也得寂寞

囚神

我想把你關起來膜拜
愛人如同青鸞
想關起來
愛著你的光芒
但
折斷你的翅膀
細數你的豐羽
再
一根根拔光
裝在鑲金的玻璃瓶

透過太陽灼燒雙目
獻祭我赤誠的專一
只做我一人的神明

寬恕我罪孽
和我骯髒的祈願
劃破指尖起誓
願做最虔誠的臣子
匍匐於你眼神的落點
在陰影裡守護你
至高無上的孤獨

我把我的愛擺在你唾手可得的地方

而你擅於經過

檯燈內側的灰塵
受潮的書本收縮而皺
鏡面邊角的水漬
電腦椅PU輪捲了根頭髮

你說

礙眼
但基本上無需理會
並不造成任何影響

我不喜歡你開始有了喜歡

我總是希望你不好
爲了生活不好
爲了工作不好
爲了沒搶到演唱會的票而困擾

我不喜歡你喜歡她的樣子
不喜歡你爲她發動態
說那些不擅長說的話
不喜歡你那麼上進
爲了變成誰的榜樣

不喜歡你不憂鬱了
說愛讓你充滿力量

不喜歡你開始早睡
開始在意身體健康

我比較喜歡你碎掉的樣子
照出我一千種哭泣的方式
你愛上一個人之後
卻開始把自己拼好
變成一顆太漂亮的水晶球
搖一搖
傾倒
雪花都變成了星星
變成無數的願望
我不喜歡你充滿期許的樣子
刺眼

只是如此往復

只是無法停止難過而已
只是無法停止想要遠離
只是無法停止過客都扔掉雨傘
只是無法停止名畫裡一直吶喊

只是無法停止芭蕾舞女伶
困在音樂盒裡爲同一首歌旋轉

而你只是我渡了太長的河
尚未靠岸

國家圖書館出版品預行編目資料

有待傷痊／厭能 著. --初版.--臺中市：白象文化事業有限公司，2023.11
面； 公分.

ISBN 978-626-364-133-4（平裝）

863.51　　112015512

有待傷痊

作　　者　厭能
校　　對　厭能
發 行 人　張輝潭
出版發行　白象文化事業有限公司
412台中市大里區科技路1號8樓之2（台中軟體園區）
出版專線：（04）2496-5995　傳真：（04）2496-9901
401台中市東區和平街228巷44號（經銷部）
購書專線：（04）2220-8589　傳真：（04）2220-8505
專案主編　陳逸儒
出版編印　林榮威、陳逸儒、黃麗穎、陳媁婷、李婕、林金郎
設計創意　張禮南、何佳諠
經紀企劃　張輝潭、徐錦淳、張馨方、林尉儒
經銷推廣　李莉吟、莊博亞、劉育姍、林政泓
行銷宣傳　黃姿虹、沈若瑜
營運管理　曾千熏、羅禎琳
印　　刷　百通科技股份有限公司
初版一刷　2023年11月
定　　價　230元